兔・兔・兔

玉兔・金兔・銀兔

林　煥　彰

詩　畫　集

推薦序
被狩獵

秀　實

（詩人，創「婕詩派」，有詩集《臺北翅膀》
及詩評集《止微室談詩》等多種著作。）

　　《玉兔・金兔・銀兔》是詩人林煥彰寫作計畫之一。煥彰按年書寫十二生肖的詩畫，結集成冊。癸卯屬兔，這本《玉兔・金兔・銀兔》於焉問世。

　　對兔子的認知，文人與科學家的相差極大。文學上兔子常代表陰性的月亮，有「金烏西墜，玉兔東升」的美麗書寫。然而實際上，兔子性情暴烈而好色，並非騷人墨客筆下的可愛形象。營養學家這樣說，兔肉低脂高蛋白質，內含磷脂是膽固醇的二十五倍，可緩解動脈硬化、降低冠心病、促進大腦發育、延長肌肉彈性。並預言二十一世紀，人類三分一蛋白的需求，來自這種美味而有營養價值的兔肉。這真是個有趣的題目，詩人都在瞞騙嗎？

　　以兔子為書寫對象的現代詩極少。具超現實主義色彩而想象奇特的羅馬尼亞詩人尼娜・凱瑟（Nina Cassian, 1924-）的〈兔子〉詩十分可觀：

　　兔子／發明了那種尖叫／誘使捕獵者的同情／儘管獵人或狗／從未被嚇退／不去捏住它的身體／像捏住一隻皮手套／帶

002

著剛才的體溫

兔子／僅僅發明了那種尖叫／（遠比它的思索來得大膽）／
來面對死亡

兔子／它的劇烈而滑稽的尖叫／是它關於莊嚴的唯一概念

（崔衛平譯）

　　兔子在文學作品裡，時常擔當著「被狩獵」的角色。這首詩寫
兔子在面臨生死危難時的叫聲，極具深意。在中國，兔為十二生肖
之一，與吉祥劃了上等號。林煥彰詩集《玉兔·金兔·銀兔》收錄
了他癸卯年的詩作約九十首。只有序詩〈當兔子的願望──寫給兔
子的我〉寫到兔子。詩人生於1939兔年，農曆歲已屆八十五高齡。
今年是詩人的本命年，故而他把自己虛擬是一隻兔子，且看：

　　我是人，我生肖兔子

　　我就是屬於動物的一員；

　　……

　　我餐餐都吃胡蘿蔔，很好很好

　　我已經把自己養得白白胖胖，

　　結結實實健健康康……

　　這是戲謔的筆法。一個人有了相當的歷練對待生命自是不同
年輕時的任性與狂妄，這是生命的回歸。於詩歌而言，淺白的述說
即是一種語言回歸的蹊徑。煥彰詩有〈戀人之目〉中「可我一掉進
妳的／瞳孔／就再也不能翻身」的深邃。詩歌語言與「語文」自是

兩種不同的概念，前者並無一種公認的尺規以利訊息傳達，關鍵還在詩人能否拿出一套專屬於己的符號，超越語文所堅持的準確與分寸。讀者若以為詩人真的「餐餐都吃胡蘿蔔」，那真是個美麗的錯誤了。生肖可窺「運勢」，這是一首書寫運勢的詩篇。且看江湖術士如何說：2023年畢竟是兔的本命年，應注意健康、腸胃不適、皮膚病變、肌肉組織受傷或未知受傷。煥彰以詩解厄消難，詮釋了自己的運程。其於詩自有宗教般的信仰，而非任何的怪力亂神。

狩獵（hunting）與被狩獵（be hunted）為寫作兩個不同的概念。年輕時寫詩，有如隼目狐耳，狩獵一切。詩人彷彿手執弓弩，搜尋林間野兔，矢不虛發。或設網罟，或放鷹犬，囊中取物，其快意若何。然時間愈久，筆下的所有，逐漸成了「被狩獵」的存在。「野兔林間躍，尋常百芳開。枝頭鳥聲動，疑是玉人來。」（秀實〈辛卯元宵詠兔〉）經過相當的閱歷後，才了悟到很多事物，在此而非在彼。我們能夠把握著的並不很多，「盧山煙雨浙江潮」，世間的許多事不知也無妨，許多地不去也無妨，許多人不認識也無妨，如是許多題材不寫也無妨。那時心境迥然有異，和風麗日，擇一株適宜的樹樁，端坐下來，任風輕拂，任落葉沾衣，而偶有兔子不慎誤觸樹樁，才順手撿起，這是「守株待兔」的被狩獵。

詩人居住的「半半樓」二樓有一扇偌大的玻璃窗，水金九（水湳洞、金瓜石、九份）的景色侵門踏戶的來到小樓。詩裡山水雲煙，自是尋常，這是被狩獵的。〈想，一分鐘的想〉裡的頌德山是：「頌德山，也像喝了酒／在雲霧中，就是喝了酒／微醺，又感覺是爛醉……」在現代詩人裡，林煥彰是少數對自然懷抱摯情實感的書寫者，這與城市人對自然的態度全然有異。西方城市建設本質

上是與自然對立，是對自然的欺壓與戕害。近幾年以來各種巨大的自然災害頻生，被科學家認為是「自然的反撲」。現在城市人流行說「環保」，正是承認其對自然的戕傷。我國傳統的「山水詩」「田園詩」所表達的天人合一與對自然的敬畏欣賞，便即環保的最高境界。所謂「與萬化冥合」、「相看兩不厭，只有敬亭山」。退一步是尋求與自然共生共融，如園林的「借山借水」，伐木的「斧斤以時入山林」，狩獵的「網開一面」。下焉者才是城市人肆行貪慾後對自然的保育，以求貪婪的永續。在〈農人種地〉中煥彰自言是「農家的後裔」，他說：「我是農家子弟／我卻背叛了土地」，另一首〈春耕，問我有無〉中，有「立春之後，春耕就要開始／沒錯，我本農家之子／手上腳下，都無寸土／我得改種心田，／動我腦筋，苦做筆耕」。對自然，詩人一直懷有愧疚。而我們看來，這非但沒有背叛自然，傳統的自然觀在詩裡得以承傳。山水讓詩人感到親切，九份的雨霧，風色與陽光，筆下都帶有溫情。相反像臺北城這樣，走九遍的忠孝東路，卻是冷漠的讓詩人感到「移動的孤獨」。在編後記〈詩寫正向觀念和心境〉中，詩人說：「不是刻意的，好像就是自然的一種傾向，是我近些年來的心境影響；詩寫心境，年紀越大越出現童心。」集裡有多首詩寫霧，正是一種自然的傾向，引證了九份山城的霧，飄忽而大美。

　　集內有少部分作品，如〈那些，我不知道的〉的罵貪官，〈窗前，有海有霧〉的憐礦工，〈戰爭，該向誰道別〉、〈苦，苦苦苦苦〉的憫蒼生，〈想，斜斜的想〉、〈沉默的沉默的沉默〉哀世道等，是另一個面向。這裡暫且擱下。我注意到〈石頭的臉〉。路旁的一塊石，詩人注目良久，想像它為許多不同的臉容：「它是石頭

的臉，也或許／它是我自己的臉，開心愁苦／耶穌的臉，菩薩的臉；／莊子老子的，石頭的／眾生悲苦的臉……」詩人發現了被所有人忽略的一塊岩石，浮想連翩。然這種浪漫並不是無聊的，因為最末詩人由此而想到「眾生悲苦的臉」，這重重的一拳，讓整首詩如遭電擊，驟然而活。對照於這首詩的是〈岩石，他們的臉〉，詩人倒過來，把礦工的容顏視作石頭，為這些艱苦的人民雕出永恆的塑像。另一首〈詩煮，蘭陽雨絲〉寫鄉愁。當下的鄉愁詩幾乎出現了一個「思念故鄉之美於前，感嘆個人漂泊在後」的書寫模板。1972年余光中的〈鄉愁〉之後，詩壇已無更優秀的鄉愁之作。煥彰這首鄉愁，其厲害之處是寫出鄉愁之「傷」，不同於一般鄉愁詩的「哀而不傷」。詩人把他的出生地蘭陽礁溪標示以「血點」，且看其傷：

> 滴滴是，淚也；字字是，詩也
> 如此，這樣那樣
> 常年餵養自己
> 半飢半餓，暗自療傷

　　2023年2月我隨幾位詩人來到九份，出席了山城美術館主辦的「第二屆水金九詩歌節」。這個詩歌節雖無大城市詩歌節的喧鬧，卻讓我看到詩歌與土地的緊密相連，其清澈與純粹相對於「主流詩壇」的渾濁，互為映襯。山野的小學生們以簡陋的文具寫出赤子童真的文字，掛在尼龍繩上，在風扇裡如樹葉的輕輕搖曳。都會空調室內的詩歌「評審／研討／座談／發表」會上，不停出現抄襲、作

弊、謾罵、誹謗、酬庸的行徑，鄙陋甚於市井。「水金九詩歌節」的舉辦，林煥彰自是靈魂人物。不在城中狩獵，到山間被狩獵。遠城府而近鄉郊，寡言而勤於寫詩作畫，作為一個臺北城的詩人，林煥彰晚年完成了他精神上的「歸園田居」。

　　詩人有的屬於這個時代，有的屬於這個社會，更多詩人僅僅屬於其個人。林煥彰屬於當下臺灣這個社會，他是詩壇沉默的的「異類」。其詩赤情真摯，承襲傳統詩教之風。這本詩集配以其兔子畫，詩畫相輝，文字與色彩互生，定必可觀。在編後記〈詩寫正向觀念和心境〉中，詩人解釋了他某些詩歌創作上的理念：「我又習慣使用口語化的語言文字，我自稱為活的語言，同時我又主張：我寫詩，我不為難讀者；我不用艱深枯澀的文字或古典優雅深奧的辭彙；我以明朗、真摯的手法，來詩寫我生活中對人生的體會和感悟⋯⋯」其遼闊，其忠誠，如詩行者，讓人敬佩。

（2023.02.20／凌晨02:30水丰尚。）

推薦序
勤耕詩田、詩寫生活、人生是詩

蔡清波

（詩人、兒童文學作家，高雄市文藝協會理事長，
曾任中學校長及掌門詩社社長。）

煥彰先生因詩而生，因詩而活，終身寫詩，也詩畫人生，是個傑出又勤奮的詩家；天天寫詩，把寫詩當餐點的詩人。他的座右銘是「活著，認真寫詩；死了，讓詩活著。」

幾年前，他告訴我，他每一年要用十二生肖來出版詩畫集，就這樣他彙整每年詩作，去蕪存菁，選出詩篇來出版。在兔年，他就要端出這本《玉兔・金兔・銀兔》詩畫集來，有幸能先行拜讀，令人眼睛一亮：他樸實的詩句中，充滿了人生歷練的哲理。

認識煥彰詩人，因兒童文學而結緣，將近半世紀了，也常常攜手去參加亞洲兒童文學大會，會場中深獲擁戴，慕名而求其簽名及照相者，不計其數。我退休後，曾擔任掌門詩學社社長，邀煥彰詩人成為我們掌門詩社最勤快的顧問；期期賜稿，自配畫作，為詩刊增色，就特別徵求他製作詩畫專欄，以他所創作畫作來徵稿，深獲同仁及詩友踴躍參與，佳評如潮！

煥彰先生詩本質樸，具有生活哲理，所謂的「半半哲學」，映照著他在九份書房「半半樓」，也成為他生命中的詩觀。他詩的表現，詩起雲湧，如雲朵般變化無窮、詩起浪湧，如撲浪而來，湧

浪層層堆疊，有文字的律動，是自然的流露，從不雕琢；詩的具象可觀，體驗生活中的精髓；詩的生活如常，觀察細微；詩的語言易懂，老少咸宜；詩的鋪陳有序，卻深藏創意，亦常有文字的跳動，譬喻巧妙，常有天外一筆意料之外；詩的意味耐讀，期待續讀下一篇；詩的舞蹈，配合著詩化中跳動的文字，如長袖善舞；詩的觀察，是細膩敏銳的；他的詩味濃厚、意境深遠；詩的呼告直接，表達出內心的呼喚……

　　本詩畫集中，對人生的咀嚼，充滿著苦澀後的回甘，如第九首〈我說，茶的苦嗎〉：

　　我說人生

　　苦與甘，我也一樣不懂

　　因為不懂

　　我還是要，天天都得要

　　活著

　　嘗遍人生的甘和苦……

　　道出他從小自學的辛苦後，如喝茶回甘的人生，不也是先苦後甘嗎？又如卷二收錄的〈在路上，還未抵達〉：

　　人生之路，未必都有花有草

　　無花無草，當然無樹也無木

　　都是正常；倒是

　　有風有雨，一路都會

相伴，如影隨行

自自然然……

你，到了嗎

到了嗎？哪一站

是你的，終站

　　人生之路，每人都有終點，但在這過程中，會有風風雨雨來考驗，且如影隨行，你能頂過來嗎？這是你人生價值所在，勉勵我們再大的風雨也不怕，璀璨的人生就在眼前，而不是終站。再如卷三收錄之〈春耕・問我有無〉：

立春之後，春耕就要開始

沒錯，我本農家之子

手上腳下，都無寸土

我得改種心田，

動我腦筋，苦做筆耕

我，養我自己；

心田，不得廢耕

腦礦，不得不採

我，日夜不睡不眠不休

我，需要米飯

餵我三餐

我，需要饅頭

日日三餐，夜以繼日

耕作，心田⋯⋯

　　同是農家子弟，那種三更燈火五更雞的體驗，道出長年農家辛勞，字裡行間，跳出幼時場景，用另一種筆耕來面對人生，轉折中自勉夜以繼日的打拼人生。又如附錄卷之〈我們都是林家的〉：

　　　　——給詩人簡簡，小林仙龍；

　　　　請您慢慢走⋯⋯

那些年，我們都年輕

您比我，更年輕

我習慣叫您

仙龍；我們都是林家的，

還有大林仙龍，我們都習慣

沒大沒小；我們都熱愛詩

大林仙龍也是，我們就時有機會

聚在一起⋯⋯

　　小林仙龍是我們共同的朋友，是我家鄉的好友，兩位詩人名字都是「林仙龍」，我們就以大小來分，而當老師的小林仙龍過世了，煥彰詩人得知，即以此詩來悼念故友；近年，他因應邀常南下高雄，每次我接待他，卻都陰錯陽差的錯過了和小林仙龍相聚的機會，意重情長的煥彰詩人，錯過就再也沒機會了，也許這就是人生吧！好友想聚，真要及時呀！

　　值此詩畫集出版之際，謹遵煥彰詩人之囑，樂於為序。

CONTENTS

附錄卷　追思懷念

卷首詩

兔子的願望
——給屬兔子 林煥彰

不管是人，還是動物
我認為，大家都需要快快樂樂；
我是人，我屬肖兔子
我就是動物的一員
我天天都告訴我自己，
我是兔子，我就要快樂
快快樂樂，就是我的本命

是的，兔年到了，我就八十四；
關於年齡，我習慣倒過來說
我今年四十八，只要活著
蹦蹦跳跳就好；
我餐餐都吃胡蘿蔔，很好很好
我已經把自己養成白白胖胖，
結結實實，健健康康……
（2022.10.02/0:13九彎半之樓）

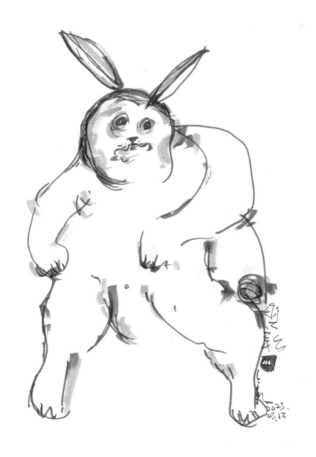

卷一

一片明淨的窗

眼睛，讓我可以看到／屋外，也可以同時／看到自己的心裡

一片明淨的窗

我有一片明淨的窗，當然

也還有另一片，它們都可以

稱為我的

眼睛，讓我可以看到

屋外，也可以同時

看到自己的心裡；

凡它們所面向的

山或水，我都有機會看到

有時，下雨

窗的眼瞼，有機會掛著

晶瑩的水珠，也不能說

它們都是淚珠，看來總像是

有什麼樣的心事，

我總會為它們想

也為自己，往好的想

就多了一些些

美好的聯想，或許

有可能，它們就是一首詩

短到每行都只有一個字；

想想，都無妨

想想，有時候

其中的一滴水珠，有可能是

太飽滿了，就自動往下溜走；

我看久了

它們就會

自動輪流，沒事的時候

也都習慣，就這麼自然

滴滴答答，滴滴答答……

沒什麼不好；我喜歡

欣賞它們，是無聊嘛

我就喜歡，無聊的欣賞……

（2022.01.02／15:22九份半半樓）

咖啡的聯想

早晨，不一定要有她

它，他

與她何干；不就是一杯水嗎

為什麼要有顏色

為什麼要有味道

為什麼要有酸酸苦苦

為什麼要想得那麼多

喝了不就好了嗎

幾度才好？

這些那些，都跟孤獨寂寞無關

詩非詩

能想，想想：想想，就好……

（2022.01.03／10:00研究苑）

陳高，溫一壺思念

要葡萄，大麥小米高粱……
都是一種選擇；
思念的酵母，我習慣
靜靜的想，細想發酵的過程

孤獨寂寞，得再加點什麼
日曬雨淋，長年陳封
在陰濕的地窖裡，我忘了
那要幾年……

（2022.01.03／13:03研究苑）

岩石，我已無我

我已無我，如一顆岩石

誰知道，它為什麼要呆在那裡

不在這裡；這裡那裡都不在，

可以不在，不必在

自然在，很自然的

沒有必要去在乎

幾千年了，甚至幾億年

有誰在乎誰？

宇宙不就是這樣，那樣

有誰在乎

我就這樣活著，不一定要呼吸

它又不是人，怎會在乎

一顆石頭，一個岩石

自在自如，如此自在

它，早早就已存在

不在於你說的它的

那種存在，無需空洞的存在……

（2022.01.04／12:47研究苑）

瓶，是空的

瓶，是空的

透明

我，喜歡看它讀它

淚，是透明的

淚在瓶中，瓶不是空的

瓶，依舊是透明的

淚，也不是空的

它有它的一生，

沒有寫清楚，說不明白

它有它的前世今生；它有它的……

空的瓶，可以裝它

空的瓶，有淚

可以裝一種人生；

喜，怒，哀，樂，還有什麼

不是透明的，可以放進瓶中

可以讀它，可以讀我自己

不清不楚，人生

讀糊裡糊塗的，一生……

（2022.01.05／07:18九份半半樓）

大寒・小寒

大寒，小寒，都會冷

心，不要寒

希望總在未來；

未來，還沒來

不是不來

不會不來；看看

山頂上的

雲霧，自然都會散開

想想，昨天今天

哪天沒有散開？

大寒，小寒，都寒過

凍過

冬天，依樣是冬天

冬天過了

春天就會來，哪個季節

哪一年，不都一樣

我天天都在

迎接未來，希望的

還沒有來……

（2022.01.05／16:53小寒，九份半半樓）

霧，沒有重量

霧，漂浮

沒有重量，也不一定

它是厚厚濃濃的，有時

化不開，不知

有什麼心事？我只是這樣想

這樣想，很可能是多餘的

它沒有告訴你，

你不要為它胡思亂想；

天下事，不是你想的就好

想想人家，人家可能

都是好好的，只有你愛想

愛亂想，才會變得不好

太陽出來了，

一切都好！

我就是愛這樣，喜歡

下雨的時候，要看到太陽

有太陽的時候，又想到

應該要下雨；

下雨下雨，真的

也沒什麼不好，

都好，想想什麼都好……

（2022.01.06／10:36九份半半樓）

我什麼都有了

有風有雨，
太陽，也沒少過
我常常被曬得
黑黑的，和非洲來的
沒什麼兩樣；
那是小時候，和種田有關……

有風有雨，
太陽也有了，該有的都會有；
有說有笑，也有哭
小的時候
並不懂得這麼多，
就因為不懂，該哭該笑的時候
也都覺得很正常

三歲時，就離開生我的媽媽
養我的媽媽，也一樣
是媽媽，很好的媽媽……

有哭有笑，都很正常
不哭不笑的時候，反而

不正常；有那麼的一天，
不知該笑還是該哭，誰會知道
人的一生，不是你才最懂得
你自己；不懂也一樣
可以過完你自己的一生，懂了
反而不好過；

有風有雨，有
太陽
現在又有霧了，時來時去
不來不去
都是上天的事，誰也無法
用開或關來控制；

你懂嗎？你不懂，我也不懂
太多的不懂
就不要懂得太多，
平平淡淡，今天就什麼都有……

有風有雨，也有霧
就是少了太陽，
我把自己久久都藏在心中的
大太陽，搬出來；

我告訴我自己，我心中有顆

大太陽……

（2022.01.06九份半半樓）

我說，茶的苦嗎

苦，什麼不苦

我說

茶的苦，茶的甘

我都不懂得

茶的甘與苦，自然

我說人生

苦與甘，我也一樣不懂

因為不懂

我還是要，天天都得要

活著

嘗遍人生的甘和苦，

酸甜與麻辣……

當然，茶還是要喝

回想，好好想一想

茶農的辛和苦，

風吹雨打日曬，汗如爆雨

辛辛，苦苦

哪樣不苦……

（2022.01.08／08:06研究苑）

移動的孤獨

台北站，我走過

經常走

有很多人，流動的

我看過

都不相識，他們也不認識我

匆忙的，每個人

都有他自己的行程，我也有

我自己的；

我孤獨，我行走

其實，我一點兒也不孤單

走著，走著

孤單的移動，

有很多人，匆忙擦身而過；

我有移動的孤獨，

並不寂寞……

（2022.01.08／18:30社巴回社區途中）

白開水就好

茶，或咖啡
苦澀，酸甜苦辣
什麼都好
白開水更好；我，
白開水就好……

一生呀，有多長
我常常夜裡睡去，
清晨醒來
如果不醒來，一直睡著
也是幸福；任何事
都已算完成，沒任何負擔
什麼也不必負責；

茶呀，捧在手心
白開水
也是人生，都是一杯
單純的好，長長
是一生
短短的，也是
睡睡醒醒，都是

一生；一生多長啊

常常，長長

不能長長

睡睡，醒醒

多好；

白開水，就好……

（2022.01.09／07:08研究苑）

風，一定是瘋了

風，不是瘋

風是愛無聊；

沒事的時候，他們最愛

和人家玩搔搔癢；

搔搔樹梢的，癢

搔搔小草的，癢

搔搔小花的癢

我的頭髮，也是

他們最愛作弄的對象，

他們要是玩瘋了，更愛

搔弄女生的長髮，

吹得她們哇哇叫，讓樹葉們

集體大聲鼓掌……

（2022.01.09／11:33研究苑）

冷，不是我的錯

冷，不是我的錯……

冬天，該冷就冷

我是東北角的一座

小山城；

冷，有時慢慢

冷，有時突然

急冷，極冷……

我在東北角，冷

不會是我的錯；

有時，有風有雨

又風又雨

霧，是常客；

淡淡，婀娜薄紗

濃濃，掀不開

發霉發黑

一床舊棉被，壓著整個山谷

我在霧中……

冷，不是我的錯……

（2022.01.10／08:53九份半半樓）

心眼，你看到了嗎

你看到了嗎
心和眼，你看到了什麼？

太陽，你看到了嗎
正義和公平，
慈悲善良與愛心，你看到了嗎？

風和雨，為什麼要哭泣？
我沒有問它們，我只問我自己
我看到了正義和公平嗎？
我看到了慈悲善良和愛心嗎？
我，為什麼要問它們？

我看到了太陽嗎？
我看到了正義和公平嗎？
我看到了慈悲善良和愛心嗎？

我問我自己……

（2022.01.10／12:08九份半半樓）

或許，只是一片落葉

美在哪裡，我常常在想

常常在找；

美，或許只是一片落葉

如杜英，朱紅的

美唇；那天我發現了

它，就是我的

我認定了

它，就是她！

她，就是我的……

（2022.01.11／13:53九份半半樓）

附註：喜歡杜英朱紅的落葉，昨天午後登基隆山，我又撿回數片

　　　觀賞……

冬天，我在東北角

我在東北角，這裡
當然是，接近海
不遠處就是太平洋；冬天，
有風有雨，更常常有霧……

這些，都不是壞事
我喜歡他們，不知
他們，喜不喜歡我？
反正，我喜歡就好
當然，我也不是只喜歡
冬天，我更喜歡春天……

我，這麼說
當然，要小聲一點
最好是，在我自己心裡
自己想想，自己說說
就好；不要讓他們知道
不要讓他們聽到，
我，最喜歡春天……

春天來的時候，天天都是

很開心，天天都會有

太陽和你打招呼，

天天，都會有小草兒

從地底裡冒出來，和你

打招呼；小花兒也是，

她們還會微微的笑，

她們微笑的時候，

當然，就是春天最美的時候；

我喜歡，我，最喜歡

春天……

（2022.01.13／08:19研究苑）

卷
二

人
生
‧
回
憶

人生，很多悲苦／我從來都無法想像

人生‧回憶

人生，悲苦的多
不是回憶就能一一看到，
也不是花錢就能買回，
作夢也不可能再擁有；
你小時候，哭過笑過
很多很多的悲苦，
你可曾擁有……

人生，很多悲苦
我從來都無法想像，我是
如何活過來，看過讀過的
一草一木，一花一石
你都能記得嗎？
你出世時的第一聲，
你叫媽媽的第一聲，
你說我餓了的第一聲，
你說我愛妳的第一聲……
你都能一一記得嗎？
我是健忘的，我是忘恩負義的
我不記得了我的悲苦，
我父母的悲和苦……

人生，悲苦的多

不是我有意想去羅列，

過去的，忘掉的

是自然的過去，

是自然的忘記；再想想

無意再想想，可又想起了

我曾經三歲時，是孤苦伶仃

是在鴨寮，看著一群

黃絨毛的小鴨鴨；

三歲，你能懂得了什麼

我什麼都不懂，我不知道

我在做什麼，那是一場夢

夢，就不會是真實的

我卻一輩子都記得它，它是

我的第一個夢，永遠記得

也是最後的一個

夢，我相信

我希望，它就是我的

唯一的

人生的開始……

（2022.01.13／23:43九份半半樓初稿／次日晚修改定稿）

後疫情，沒有標點

能呼吸的時候

就要多呼吸

能寫的時候

就要多寫

這世界

不會永遠都是你的

後疫情之後

什麼時候是

後疫情之後

（2022.01.13／11:44研究苑）

二段睡眠
——作夢，不就如此嗎？你寫什麼……

睡眠，可以分段

我曾經分過

經常分段，分斷

斷斷，續續……

第一段，通常是正常的

第二段就走樣了

常常，常常走走停停

第二段的開始，

不是夢的起點，可以是

詩的開始；我常常這樣啟程，

要去哪兒，沒有預定行程

沒訂機票，也未訂高鐵

我，常常，讓自己

愛到哪就到哪兒，不要給自己

太多負擔

現實，不是已經都規規矩矩嗎？

就讓夢的馬奔跑吧！

牠該有牠的自由！

夢的大草原，夠寬夠廣

我曾經去過，當然也是

托牠的福，我的二段睡眠

就這樣，那樣可以延長，有時

直到天亮

大多時候，都是短程

昨晚，我只到我的家門口

又回頭！好像我是忘掉了什麼

在門口想了很久，很久

我忘了，忘了戴口罩……

　

新冠病毒，變種的又來了

來勢兇兇呀……

（2022.01.15／07:17九份半半樓）

想，一分鐘的想

在寒冬的雨天，沒有喝酒
頌德山，也像喝了酒
在雲霧中，就是喝了酒
微醺，又感覺是爛醉⋯⋯

想，想想，一分鐘的想
也是想
一分鐘的想妳；一分鐘
不是很長，也可以是
很長很長⋯⋯

想，想妳的一分鐘
可以變成
兩分鐘，三分鐘；
想，一分鐘的想
就是很久很久的想，
很長的想；想我們的春天⋯⋯

春天，百花盛開的春天
百蝶千蝶萬蝶飛舞的春天，
在深山幽谷嬉戲的溪澗，

在極機密的夢鄉，在雲霧迷迷

茫茫，不再飄渺中……

想，很多的想

很久很久的想，

想，停格的想

想，一分鐘的妳

一分鐘的想，就是

天長

地久……

（2022.01.15／09:58初稿／九份半半樓）

農人種地
——我是農家的後裔，我感謝農人，
　我感念我的祖先……

農人種地，他們辛苦

讓我們有飯吃；

我從小離開農村，我是農家子弟

我卻背叛了土地！

我二堂哥，他是認命的

一輩子辛苦，辛辛苦苦都在種田

也把自己

種在稻田裡，讓我有飯吃……

我感念我的二堂哥，我

感念我的祖先

我感謝，所有種田的人……

（2022.01.16／09:08研究苑）

雨的腳步聲

雨的腳步聲，我在半半樓

可以聽得很清楚；他們，不是吵我

我自己

照樣讀詩寫詩，畫畫

亂塗，沒有亂來……

雨來，霧來

他們圍繞著我的半半樓，我不冷

他們冷，他們整天都在屋外

他們冷，我不冷

有他們保護我，

我喜歡他們，我感謝他們

成為我寒冬的保護神，

雨神霧神，還有風神

常常會來，這寒冬不算寒冷

常常是，十度左右

不算寂寞孤獨，

有他們就好；我自己

安靜自在，守著我的半半樓

有詩，有畫

還有我的恩師

詩人瘂弦〈我的靈魂〉，

詩朗誦；我的靈魂

就會被他喚醒……

寒冬，再寒也不寒

在半半樓，我清醒的看著窗外

讀著窗外

白白，白白的

白茫茫的窗外，寧靜的天外……

（2022.01.19／08:08九份半半樓）

我在，數雨滴

我在，很重要
也不一定都很重要；我在
數雨滴……

如果，沒有下雨
如果沒有我，我就沒有用了
沒有機會數……

如果，我不在半半樓
如果，我沒站在窗前
看著白茫茫，一片白茫茫
回頭看著屋簷的一角，我想到
雨要下下來的時候，有沒有想過
什麼樣的選擇，想下在哪裡
這對我來說，是很無聊的一種想法，
對雨來說，根本不是問題；
天要它們下它們就下？不是嘛
就這麼簡單，這麼單純

選擇，是很不得已的
我寧願聽天由命，

風吹雨下，有霧

是很自然的事，

這輩子，我也沒做過

這個那個什麼樣的選擇，我就

哇哇墜地了……

（2022.01.19／14:56九份半半樓）

我的，詩的早餐

清晨有霧，極靜的山城
極靜的霧中，
也有雨；

我剛吃完了
詩的早餐，有兩顆
水煮荷包蛋，
三顆芋頭貢丸，紅棗數顆
白菜洋蔥清湯……

最重要的是，我的好友呀
詩人蕭蕭，他心中那頭牛啊！
甲篇乙篇，二十道好料呀；

哇！哇！夠了！夠了！
我從不虧待自己，
在防疫大作戰時期，
你知道吧！我絕不虧待自己……

（2022.01.20／08:41九份半半樓）

附註：詩人蕭蕭《我心中的那頭牛啊！》（甲篇）、（乙篇）各
　　　十首，是現代詩經典！收入蕭蕭詩集《緣無緣》，1996.03.
　　　初版，爾雅出版社印行。

路過，一個小站

牡丹，非牡丹

山村一個小站，

彷彿被遺忘

一朵小花；我到過

這寧靜的山村，

她擁有一段

全台最彎的鐵道，用一個

村姑的髮夾

夾著，每一班列車

我只是好奇，她何以能夠

取得如花美名？山村

如村姑，牡丹本是牡丹

牡丹，其實也是

應是，得其所哉

她那樣安靜淳樸，一個

山裡村姑的美，美其名

牡丹，哪要什麼胭脂花粉

牡丹，本是天生麗質

如她，一直擁有應有的美名……

（2022.01.21／16:40車過牡丹站又往前走，

我要回故鄉，礁溪……）

在路上，還未抵達

我在路上，什麼樣的一條路上？

人生之路，未必都有花有草

無花無草，當然無樹也無木

都是正常；倒是

有風有雨，一路都會

相伴，如影隨行

自自然然……

你，到了嗎

到了嗎？哪一站

是你的，終站

（2022.01.23／15:35初稿／在詩魔洛夫書法展開幕茶會中）

你懂了嗎，詩之子

每天，我都在寫詩

詩是什麼，你懂了嗎？

不要亂來，不要讓詩哭泣；

你別讓她傷心，

你弄錯了嗎？

你可有認真想過？

你得好好看她，想她

她，需要呼吸

她，需要生命

她，需要感情

她，需要精神

她，需要思想

她，需要智慧

她，需要大愛

她有良知，她有

敏銳的感覺；

你不要隨意抽痛她，

你不要隨意利用她⋯⋯

我在寫詩，我寫的是詩嗎

是詩嗎？我，常常

問我自己……

（2022.01.24／10:47研究苑）

在雨中，霧中

在雨中霧中，我在半半樓

我一樣也不少；

我常常跟朋友說，半半就好

我不會要求太多，

我有我自己，我本就一無所有

我有的，是父母給的

我的肉身，我的靈魂

我的良知；我一無所有

也非真正

一無所有；我能呼吸，

我有生命，我能活著

我不曾挨餓，也不曾

冷過凍過，也沒露宿街頭……

我就認為，我很富有；

我有我的天，我的地

我有我所能看到的

山，的海

我，一樣也不少

半半就好……

（2022.01.28／09:13初稿／九份半半樓）

雪非雪

雪非雪與雪無關
我非我與我無關

雪非雪與白無關
我非我與我無關

冷不冷與冷無關
我非我與我無關

寂靜與極靜無關
我非我與我無關

渺小非渺小與我無關
無關非無關與無關無關
我已忘我與我已忘我無關⋯⋯

（2022.02.04／06:48研究苑）

在山城，霧會濛濛

山城，絕對不是霧的家
他們來了，總還是會走

霧，常常來，來了又走
自然也是，我也是常常來了
又走；他們的來，要找誰
誰會是他們要好的朋友？

這山城，我也是常常來
來了又走；應該說
霧，他們
本是過客，我也是
雖說，我有一棟半半樓
總不像家，孤單一個
可到處為家；來了又走，
和霧一樣

來了又走；這樣的人生
這樣的一輩子，
其實，任誰也都注定

來了還是要走；不知家在哪兒

哪兒才是家？

（2022.02.06／22:30研究苑）

春耕・問我有無

我，需要饅頭／日日三餐，夜以繼日／耕作，心田……

春耕‧問我有無

一日之計在於晨
一年之計在於春

立春之後，春耕就要開始
沒錯，我本農家之子
手上腳下，都無寸土
我得改種心田，
動我腦筋，苦做筆耕

我，養我自己；
心田，不得廢耕
腦礦，不得不採
我，日夜不睡不眠不休

我，需要米飯
餵我三餐
我，需要饅頭
日日三餐，夜以繼日
耕作，心田……

（2022.02.10／23:15臨睡前初稿，
幾經修改，次日上午完成／研究苑）

那年，我不知道

哇哇哇……
那年，我不知道
我為什麼要哭，為什麼要來到
這完全陌生的世界……

這事跟我何干，
有熊有虎，有貓有狗？
我都不知道；我只知道
有人在笑，他們笑什麼，
為什麼要笑？也不懂他們
為什麼高興，生養是一種責任

我只知道哭，肚子餓了，哭
恐懼害怕，哭
什麼時候才開始會笑，
也不知不覺的，該笑的時候
就笑了
不該笑的時候，也笑了
那就是傻笑嗎？我後來才知道；

笑會讓人開心，讓在我周遭的人都開心

後來，我就常常傻笑，讓人開心；

這是我最初所能做的，

那時，那是小小的我……

現在，我早已忘了

什麼時候該傻笑？

長大了，老了

笑，是什麼；哭，是什麼

已經不必在乎，不必計較

我就常常發呆；

我不知道，這就是人生……

（2022.02.13／09:46初稿／九份半半樓

／回南港區間車上完成）

下雨，誰和誰換了工作
——情人節，天要愛天下的每一人……

整天下雨，誰和誰
換了工作？

我，在胡思亂想
什麼什麼
海
自古就裝滿了水，那是
祂該有的工作，
所有的魚類，都要由祂照顧
天，只負責放養白雲
所以，天天天藍，就好；
累了，吹吹風納納涼
心胸，放寬就好

有鳥，有飛機
就讓牠們和它們飛吧！
有時，讓雷
敲敲打打，也可以
槍砲飛彈，導彈什麼或搗蛋
千萬都不要；當然，

下雨，是可以的

有時，天就幫海一點點忙

但不要整天

天天，那會很煩很煩……

煩不煩，誰管你

海就說了嘛

今年，我們就換換工作吧

誰叫人類，不懂得珍惜

把天底下都弄得髒兮兮

整個地球，都養滿了

戴皇冠的病毒……

（2022.02.14／09:32研究苑）

雨停了，我要學習遺忘

雨，停了

我要學習遺忘；

人人都有他的好

和他的壞……

想它的好，不要想它的壞；

人人都有他的好或壞……

有雨洗禮過，我們播下

希望的種子，才有希望

快快萌芽；

不快樂的想法，就會

快快消失……

（2022.02.14／13:00初稿／研究苑）

《雨‧淚》三行系列

1.〈整個世界都在哭〉

苦嗎，哭嗎

雨要下下來的時候，他們；

可自由選擇嗎？

（2022.02.16／08:19九份半半樓）

2.〈病毒，它們愛戴皇冠〉

好笑嗎，可笑嗎，有什好笑？

它，可以拿

整個人類的生命開玩笑？

（2022.02.16／08:24九份半半樓）

3.〈陰謀，細菌科技戰〉

變相的，人類互相殘殺

另類的，第三次世界大戰

進行中；每個國家都參與了……

（2022.02.16／08:32九份半半樓）

4.〈疫苗，謀利也謀命〉

一劑兩劑三四劑，怕死的

四劑不夠，還要五六七八劑……

太好了，我大賺了

（2022.02.16／08:40九份半半樓）

5.〈猝死，施打疫苗〉

年長，就該死嗎

這世界，老人太多了嘛……

他們，把地球吃爛吃垮了嗎

（2022.02.16／08:52九份半半樓）

6.〈好，好好想一想〉

搞政治的，極為可惡

他們，我喜歡說牠們

鬥鬥鬥，人與人鬥國與國鬥……

（2022.02.16／09:07九份半半樓）

那些，我不知道的
──給那些愛搞政治的

我不是啞巴

我不是不懂

我不是不知道……

戰爭，有什麼好玩的？

我，不知道

砲彈一轟，就炸死了多少人？

那些，我沒說的

我不知道的，我不知該怎麼說？

砲彈一炸開，你知道嗎？

無辜被炸死的，他們的

孩子和家人！

那些，我沒有的

不是我不要；錢誰不要？

不是我的，我不能要

你可以隨便要嗎？

那些，我沒看到的

不是我看不到，我看到了

你看到了；他要

他就有辦法要，再多

他也可以想辦法

隨意拿走！

國家的錢，人民納稅的錢……

那些，很多很多

很多我所不知道的，

他們就可以美其名，建設建設

超前超前……

從中撈錢，放進自己的口袋

操錢操錢，認真操錢……

（2022.02.27／15:38九份半半樓）

苦，苦苦苦
──俄烏之戰第九天

苦，苦苦苦
苦誰之苦？
苦，一個苦就夠了
為什麼還要有，苦苦苦……

這世界，為什麼還要有戰爭？
戰爭，為誰而戰？
為何而戰？為什麼，誰說了算？

苦，苦苦苦
你看到了嗎？
砲彈炸下來之後，整座城市
都被炸毀了！
你看到了嗎，一個孤苦伶仃的
小小孩，哭坐在一遍荒野之上
抓著一把雜草，用力在啃？
你沒有看到的，更多
這是誰的錯，誰在作孽？

苦，苦苦苦

一個苦，就夠了

為什麼要有這麼多的苦，

苦，苦苦苦……

（2022.03.06／14:28九份半半樓）

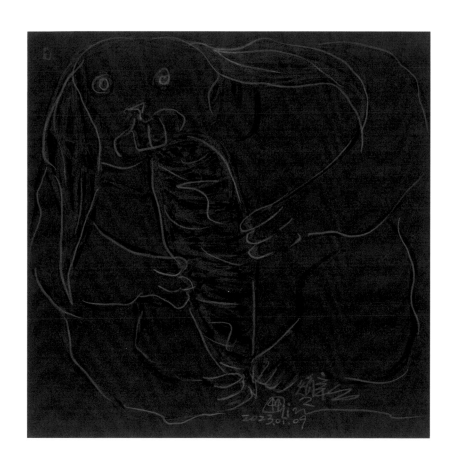

山城，霧又起

昨晚，霧一定是

喝醉酒了

58，還是自釀米酒？

宿醉不醒；

剛才，我還看到

天邊一抹腮紅

通紅的臉頰，一定是

太陽笑開了心懷；

這是春天呀！應該的呀！

這下，霧又醉茫茫

搖搖晃晃，

瀰漫整座山城……

（2022.03.11／08:23九份半半樓）

返鄉，又過牡丹

一去一回，來來回回
是回家，是返鄉
回到童年已經沒有家屋的
八十年前落地的故鄉；

父母不在了，血點依舊鮮紅
烙印在我腦海中，
回去的區間車，站站都停
慢是慢啦！讓我
有足夠的時間，慢慢追憶
回到過去的記憶裡，每一個站名
都清晰
可以成為一首詩；
想寫幾行，就寫幾行
越長越好，我總希望
它可以成為我這一生，不可跳過的
書寫的一部分；
牡丹就是其中之一，
多美的一站，多美的百花之一
它標誌著春天，多麼美好的旅程；

牡丹，我回故鄉

一去一回，都會路過的呀

美得村姑一樣

純樸，嫻靜

又是富貴的象徵；有它

返鄉的路上，就多了好多想像

我不必坐飛機，也不必假借

微旅行，我這一生我這一趟

人生之旅，就精彩萬分

幸福美滿……

（2022.03.12／16:40九份半半樓）

想法，我總該要有

我活著，想法總該要有；

胡思亂想的想法，無關他人

也是一種想法，自己

總該要有

要有好的想法；

不為自己，也要為他人想想……

（搭區間車，我要回南港；途中暫停四腳亭，等其他列車

通過……）

想法，總該要有

它是快車，不必停靠，有它優先權

人家花比較多的錢

買票，買時間；我省錢，不是賣時間

我的時間，不值錢……

（2022.03.18／13:29在台鐵區間車上）

窗外，明亮無聲

窗外，百葉之外
明亮無聲

昨晚，雨是整夜沒睡
現在，算是睡著了
我醒來；我起來了
很好，應該會是很好的一天；

我問我自己
有什麼可以做的，我
該做些什麼；活著，
我做了些什麼？

天，要是要黑了
是天的事；風雨
要是要亂了，就讓風雨
它們自己亂！

俄烏之戰，不只黑白之戰
這世界，是不該有戰爭
發動戰爭的，他牠

牠們，憑什麼殺人

殺害無數，無辜

你不覺得心痛心碎，萬針亂刺！

他牠，牠們

在我心眼中，禽獸不如

我為砲火之下，無數無辜亡魂

譴責發動戰爭的人，

痛心痛哭，心痛無聲……

（2022.03.23／09:34研究苑）

窗前，有海有霧

窗前，有海有霧
霧和海，誰比誰深
我，用心想我用心測量；

我窗前有海，海在遠方，遠方
有漁港
漁港之外的遠方，和天連結；
我，常常用心想，用心測量

窗前的霧，霧是常常來
我，常常想
霧比海還深，它來了
什麼都沒了；我只能用心想，
想它和海誰比誰深

我，常常想
百年之前
礦工，他們深入礦坑
在海平面之下
多深呀！我在想；

山有多高，海就有多深

霧來，它又比海還深

看不到海，我只能用心想

用心量

礦工在海底下採礦，他們

都看不到天

見不到海，他們都是

活在生之外，死之外

未知，生和死……

（2022.03.24／07:44九份半半樓）

苦楝，苦過
──苦楝，花開花謝，下紫色的雪花⋯⋯

苦楝，紫色雪花苦不苦

不苦，不苦

哪會不苦？

冬天苦過，凍過

春天，就該開心過

苦楝，苦過為了花開

看它樹幹，龜裂如大地乾旱

花開，純如雪花；

苦楝，苦楝

它若不苦，該叫它什麼？

春天，花開

該開能開，就要開心開

苦楝不敢提早，也不會遲到

恰好，三月花開

不冷不寒，也不熱

正好春暖苦楝就苦戀吧！

花開，正好

是特選的好季節……

（2022.03.27／15:27九份半半樓）

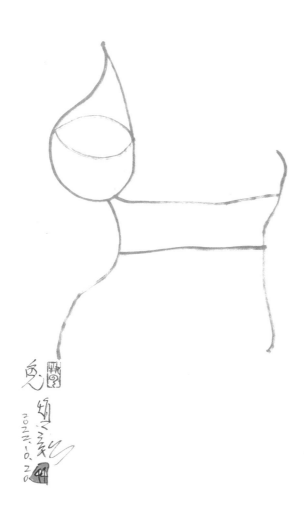

卷四

夢未夢・夢非夢

夢中夢，虛虛假假的時候／那夢也可以真真實實

夢未夢‧夢非夢

──想想，我就作了好多夢……

夢未夢，睡不好的時候

可以想想；

夢非夢，夢未成形的時候

可以繼續想想

夢裡夢，夢裡有夢的時候

那夢也可能只是想想；

夢又夢，夢一個又一個

那樣想想也是好的；

夢中夢，虛虛假假的時候

那夢也可以真真實實；

夢生夢，愛作夢與會作夢的時候

什麼都值得想想；

夢無夢，又是夢無夢的時候

你還是可以隨意想想；

想想，想想總是好的；

想想，我作了好多夢……

（2022.03.28／08:46研究苑）

讀窗外，讓霧來寫

我愛寫詩，詩該怎麼寫

移居山城之後

霧，幾乎天天都來

她看到我，常常坐在窗前

發呆，寫詩

她很好奇，今天一早

又特地上來，

從山谷底裡，升上來

她一來，就蒙住了我的窗口

一動不動的看我，問我：

我也可以寫詩嗎？

我說，當然可以呀

人人都可以，

今天，就讓你來寫詩

我正好可以休息，借機會

給自己放假

好好，讀你寫的詩……

（2022.03.31／08:54九份半半樓）

我用窗子寫詩

我有一面窗子，在半半樓
面向遠方的海；它是太平洋，
近處是，深澳漁港……

我用我的窗子
寫詩，不用一改再改
一氣呵成；

海，是遼闊的
可和天連在一起；
連不連，它們的事
我總是這樣，專注的
看著它們；

今天，我的窗子要寫的詩，
我想幾行就好
因為陰天，因為有雨
要來不來
也因為有霧，隨時會來
會從山谷底下，靠海的邊邊
升上來……

幾行就好，幾行就行

好詩，不用太多不用太長；有時

一個字也行，我都試過

寫寫就好，有寫就好；

我寫過的一個字，就是

海；海，它是母親的眼淚……

（2022.04.03／08:04九份半半樓）

想想，我什麼都會有

睜開眼睛，我看到的

有山有海有天空，它們有的

我看到的，我都會有

在夢裡的時候，不用睜開眼睛

我想到的，我什麼都會有

能想，就好

能想，最好

我什麼都會想想；

想想就好，我經常想想

想想我沒有的，這一生

我什麼時候沒有，什麼時候都在想，

我什麼時候都會有；

有與沒有，只是想想而已

我，想想而已

我這一生，我什麼都有……

（2022.04.04／06:48九份半半樓）

血滴，滴落之後
——昨日清明，返鄉祭祖；我感念父母，
感念歷代祖先，慎終追遠……

母親，生下我之後
血滴，滴下之後
我就是我了
我的人生，我該自我完成；

一生，風雨
一生，清寒
一生，單純
一生，自在

一生，孤寂靜默
一生，酸甜苦辣
一生，揮汗辛勞
一生，顛沛流離
一生，榮華喜樂
一生，坦坦蕩蕩
一生，甘苦回味
一生，我書寫

詩寫，寫我人生

我要自我完成我自己，直到

最後一刻，我走入時間

無聲，無息

無怨無悔，縹緲之中……

（2022.04.06／07:24研究苑）

霧的，霧中之霧
——人類是活在了恐懼之中；
細菌，是種種病毒……

它們在不斷變種、擴散，是大陰謀；這世界，誰在操控……

霧的，我們是霧

我們要確認。我們的身分

我們是的。我們曾經是

現在還是；我們就是霧，

霧的霧中霧，我們不用懷疑

我們的祖先；更不必懷疑

我們是霧中之霧，從一開始

我們從山谷底升起

之後，我們是平行的

有風，我們會再上升

我們確定，我們存在，

在雨之前，也可以在雨之後，

我們都是存在的；存在於一種

液態，存在於一種變態

也可以回歸，回到原來的液態

凝固結塊，又是另一種；

變態，這世界這宇宙，

能變的太多

很正常；太多太多！

不變的是，反而是一種病態

我們是霧的，霧中之霧

你分不清楚，就不要分得太清楚

像我們的霧中霧，我們還是霧

不！什麼都不是

因為，有大陰謀

整個世界，有人在操控……

（2022.04.07／05:52研究苑）

戰爭，該向誰道別

如果我是人，我可以殺人嗎？
如果我是人，我可以被殺嗎？

戰爭，是兒戲嗎
把每一個
活生生的生命，都推進
砲火中，是誰的遊戲？

俄羅斯攻打烏克蘭，絕對不是
小朋友的遊戲；我知道，
那是可惡至極！我該大聲對誰說
噢！NO！

我該拒絕，這種慘無人道的遊戲；
說是遊戲，殺人不眨眼
毫無人道，喪盡天良
我要公然譴責，在戰火之下
死亡傷殘，是多麼無辜，
我該先向誰道別？

戰爭，可以這樣玩嗎

是什麼兒戲，慘絕人寰

絕無人道，發動戰爭的人

他憑什麼，可以如此兇殘！

俄烏之戰，四十四天了

千千萬萬無辜，該向誰道別……

（2022.04.08／05:06九份半半樓／天剛要亮的時刻）

睡不睡

睡不睡的海，

海，睡不睡

睡不睡的魚

魚，睡不睡

睡不睡的我

我，睡不睡

睡不睡的睡眠

睡眠，睡不睡

睡不睡的時間

時間，睡不睡

有一天，什麼都不用睡了

什麼都睡著了，我還醒著……

（2022.04.09／10:17九份半半樓）

我，跪向大地
──憶2014春夏，在千年香樟樹下……

我屬兔子，是獅子座

我不希望人家把我看成老虎；

羊，是吉祥的

十二生肖中，我最愛

牠，引領我

虔敬的，跪向大地；我學牠

大地，是我們的母親

孕育萬物，生生不息……

有一年，在常泰龍人古琴村

詩韻迴盪，滿山滿谷

荷花清香，在千年老香樟樹下

詠詩作畫，詩人畫家

詩思泉湧，微風親撫

親親熱熱，品茗復聆聽

古琴悠悠，迴向蒼穹

更上九天，禪詩蕩漾……

（2022.04.22／09:22研究苑）

落葉的聯想
——玩，天經地義；誰不愛玩？
　　我玩詩……

小朋友愛玩，樹葉也愛玩

他們要落下來的時候，

都很開心，像小朋友一樣

喜歡盪鞦韆，喜歡在半空中

不停翻筋斗，不停滾來滾去；

快要落到地面時，

還會玩出很多花樣；

有的，像玩熱氣球

有的，像玩跳傘

更有的是，玩無人駕駛的空飄機

一直一直飄浮在空中，久久久久

沒事兒一樣，悠悠哉哉

降落下來；下來了還不願意停下來，

還要再翻來晃去，能玩的，還真不少

我能看到的，畢竟還不多

落葉他們能玩的，可真正的多

真正的，只要你能想得出來

和想不出來的，他們都會；

媽媽常常對我說，你真愛玩

我說，落葉才是真正的大玩家，

他們要落到地面的時候，還會

不停的翻滾，不停的

你追我追，你跑我跑……

什麼時候，才會真正停下來

安安靜靜休息，

我不知道，我說只有風才會知道

他們才是真正的，大玩家

比小朋友還更會玩，

我也很愛玩，我愛玩詩

我應該要多多向他們學習，

玩寫詩，玩出更多花樣

和小朋友大朋友分享，

寫詩，我就不要停下來……

（2022.04.22／05:40研究苑，

昨天下午在門前掃落葉的發想，現在才完成……）

早餐時間
——一天的開始

早餐時間。一隻鳥單飛
可以想像的,
牠,從我窗前飛過⋯⋯

牠和我一樣,我們都需要吃的
飛,只是過程
或者說是晨運吧!

總之,動一動就是好的;
找吃,就得動一動呀
六點十分,看到第一部
客運,在汽車路上行駛
蜿蜒是美麗的線條;
它的司機,就得早早踢掉
溫暖的被窩,告別他的妻子和兒女;
如果他有家有眷,他自然不能
一個人自己生活呀!

自己管自己,是好的
可每個人,都有他的責任呀!

我也有，我的責任

我要照顧好我自己，要認真寫詩

和小朋友、大朋友分享……

（2022.04.23／06:57九份半半樓）

坐車時間

車過礁溪；我沒有要回老家，
回不去的，回不回
我心裡想著，我的故鄉
我的血點⋯⋯

車過龜山；我移坐到
背山面海的一邊，我呆望
我遠去的故鄉，越去越遠
暮色已籠罩整個海面⋯⋯

車過大里大溪，車過貢寮雙溪；
我不再頻頻回頭
我知道，我還在路上
家不家，我在想回不回家；

天色更濃更重，
我心上，自己先點
一盞燈；我還在路上⋯⋯

（2022.04.23／18:30羅東到瑞芳區間車上）

卷五

妳去旅行的時候

海，早晚喘息的聲音／夜裡，也會有打呼的聲音

妳去旅行的時候

東引西引
東莒西莒
妳去旅行的時候，我會想
我的腳印，都──
留在沙灘

我走過，我踏過
那些島嶼
都有貝殼，收集了滿滿的海風
海，早晚喘息的聲音
夜裡，也會有打呼的聲音
它們要告訴我什麼，
有最小的祕密，它們怯怯私語；
昨晚看到的，是誰
愛哭的藍色的眼淚？

雨，沒有說要來
現在就來了
在山城，這是正常的
沒什麼特別，常常要來就來
閒閒的來，不用走路

也不必搭車

閒閒的來，閒閒的晃

妳去旅行的時候，我就這樣

閒閒的想，東引西引

東莒西莒，走過那些島嶼

有海濤的聲音，

沒有腳印的沙灘……

（2022.04.24／16:10區間車剛發車，我要回南港）

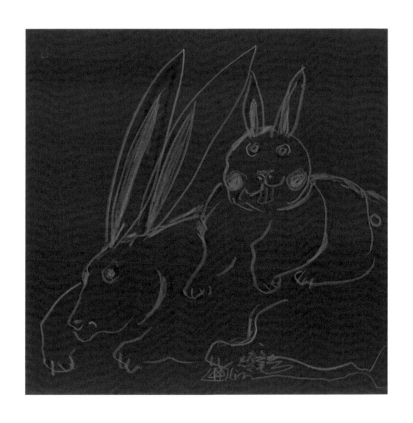

卡蹓卡蹓，誰最美

清晨的太陽，是男生；
傍晚的夕陽，是女生……

南竿北竿
東引西引
跳來跳去
卡蹓卡蹓
誰最愛玩，誰不愛玩？

我去過東引
我去過西引
它們都喜歡，把遊客拉來拉去
很難扯平
不知什麼地方才是真正好玩，
什麼地方都好玩……

南竿北竿
我都喜歡，我最愛玩
玩跳竹竿；
跳過來，跳過去
在夢裡，我也久久都還在

南竿北竿

跳過來，跳過去

跳著玩兒……

玩，玩什麼呀

什麼都玩

玩，玩大海

玩，大海湛藍遼闊

玩，天空遼闊和晴朗

我，最愛玩水

我，最愛玩沙灘

我，最愛玩

玩北竿日出的

新太陽；

我，最愛玩

玩南竿日落的夕陽，入海洗澡

看著她，紅通通

大剌大剌的在洗澡……

美極了！

她，根本不會管你

她，根本不用穿衣服……

（2022.04.25／09:31研究苑）

我帶著我自己去旅行

人生不必造假，不必像政府那樣
公然提倡偽旅行！

我自己，帶著我自己
天天都在自己的心裡，
自由自在的旅行；不用坐車，不用坐船
更不用搭飛機；那是以前的笨方式；

我去過很多地方，很多國家
最遠的，是丹麥
美國、加拿大、英國，我也都去過；
時間最長的，是英國，有一個月之久；
最近的是香港，也是最早去的
最多的是，中國大陸
泰國、韓國、印尼，也來來去去
菲律賓、新加坡、馬來西亞
也去去來來，我都習慣自己帶著自己
自由自在，不會走丟；我都會
自己，好好的回來

不用坐車，不用坐船

不用搭飛機，我照樣去旅行

我在我自己的心裡，好好去旅行……

（2022.04.27／12:35九份半半樓）

風，會幫我掃落葉

有風真好。當然，
不是颱風，不要颱風；

二十多年前，鄰居送我一棵樹
我沒半寸土地
種它在我家門前的路邊，
我很開心，有機會成為一個
種樹的人；

這棵樹，不是普通的
樹，它叫台灣肖楠
可做珍貴家俱；
它很爭氣，很認真的成長
已經高過我
抬頭仰望的三層樓……

春天一來，它知道
要長出更多更漂亮
更茂密的新羽葉，舊的羽葉就會
紛紛飛下來，我每天都會

為它掃地；我不辛苦，

我很開心，又有成就感

我每天掃落葉，早晚掃

風看到了，風知道

他看到我用心的掃

默默的掃，他都會自動

來幫我掃；他還會暗示我，

應該順著他的方向掃，

輕輕的掃，會掃得更乾淨

更輕鬆……

（2022.04.30／11:10研究苑）

凝視時間

早安。祝福

凝視妳，在我的時間裡

晨霧山谷，悠悠上升

悠閒冉冉或平行

凝視妳在我的時間裡，或平行飄浮

我凝視妳，沒有絲毫改變的時間

霧散之後

雨取代了它的閒散，也平行

閒閒取代自己

散和漫，凝視妳時間裡的妳

閒閒的雨霧，整個上午

一直在時間裡，凝視

或互相取代……

早安，午安

（2022.05.03／09:24九份半半樓）

石頭的臉

走過，路過，我

不一定都看過

我喜歡，東看西看

不是走路不專心

有特別的，我自認為有感覺

和我內心頻率

相近相契，我會自動停下來；

左看右看，甚至發呆，杵在那裡

和它對看，和它對話

我們，不一定都會發出聲音

可我離開它之後，久久久久

我都還會想起它；我說它

它是石頭的臉，也或許

它是我自己的臉，開心愁苦

耶穌的臉，菩薩的臉；

莊子老子的，石頭的

眾生悲苦的臉……

（2022.05.07／10:50九份半半樓）

時間的浪子

我在，我在時間裡

我不一定存在；

雲霧風雨，也都在時間裡

天地，在時間裡

日月，在時間裡

山海，在時間裡

時間，祂本身也在

自己的時間裡

祂們都是存在的；

我在，我也在時間裡

我是，時間的浪子

沒有日夜，我

不一定存在……

（2022.05.08／01:40母親節／九份半半樓）

活著，就要活著
——早安。祝福

太陽，還沒起床

鳥是單飛

牠斜斜的，飛過

我的窗前

我沒有問牠，牠也沒有問我；

這是，一天最安靜的時刻

所有夜裡看得到的燈，都熄了

天上的星星，當然

他們也都是，一顆顆都早已自動關掉了

無聊的我，在這清晨的時刻

我是什麼也不必做，

我只為我自己，準備早餐

一杯麥片，加一杯咖啡

我也要燒燒開水呀！

這是，我唯一的工作

我為我自己，找到了理由

活著，活著；就要活著⋯⋯

（2022.05.12／05:44九份半半樓）

石頭的臉（三）

側著的，我的臉
你會看得更清楚嗎
我在想什麼？

腦袋是想破了
有些問題，很多問題
政客都在做什麼？
不都是想破了頭，也要
挖國庫的洞，掏空人民的錢？

我的腦袋，是石頭的
我是石頭，我也要想破了頭
才能真正了解，看透了看破了
牠們在幹什麼
（我故意不用人字邊）
說什麼鬼話！

天天看到，為了生命的安危
日曬雨淋，也要排隊
不用工作了，去排隊

不用吃飯了　去排隊

不要睡覺了，去排隊

排隊排隊，又要排隊

作一個聽話的國民，乖乖

去排隊……

（2022.05.16／07:53九份半半樓）

和時間道別

時間，一去不復返

每一分每一秒，都在消失中

醒來，我就開始向他們說再見

怎麼能和時間說再見，就能再相見

跟哪一分哪一秒說再見？

我應該正確的說

從我哇哇落地那一刻那一個時候的那一秒鐘開始

我就該站在那裡和他們說再見再見再也不能相見了！

在和時間說再見的同時那一分那一秒都已在消失中

可從來已消逝的時間的那每一分每一秒

他們都從來也沒有哪一分哪一秒有回來過

我該站在什麼地方哪一個路口和他們揮揮手揮揮手

要不要該不該含著眼淚還是應該高興有說有笑有道不完的說

再見再見再見

是的。真是的，我自己又是見鬼了

時間是一去不復返的

誰，誰還能回過頭來和你道珍重再見……

（2022.05.19／00:39九份半半樓）

卷六

我，坐在空瓶中

再嗅一嗅，深深呼吸／空酒瓶中的陳年餘味

我，坐在空瓶中

酒，是58

是陳年的，我醉愛；

酒瓶，是空的

酒是，我喝的

當然

喝得乾乾淨淨，我才好名正言順

理所當然

舒舒服服，獨坐一整年

我也才有機會，隨時可以晉階

成為，陳年的酒鬼

是的。今天是端午節

更重要的是，因有偉大的愛國詩人

屈原；我們可以借他老人家

不朽的榮光，沾他老人家千年恩澤

再嗅一嗅，深深呼吸

空酒瓶中的陳年餘味；醉不醉，

不是重要

最重要的是，我還在寫詩，我還會

牢牢記住，作為一個詩人

我得要永遠永遠

忠心耿耿，作鬼也要睜大眼睛，痛恨

那些貪圖不義的人……

（2022.06.03／09:25端午節／九份半半樓）

附註：礁溪二龍村端午龍舟競賽，近二百年歷史，我從小聽著鑼

鼓聲長大；今年，我是回不去了……

時間總會過去
——給那幾粒細小的石子

美好時光，是留不住的！

有些思念，總在海馬迴中

折返；來來回回⋯⋯

那一年，五月還未完全過完

我在史特拉福河畔，

莎士比亞的故鄉，我偷偷撿起幾粒

細小石子；現在它們都還在

我案上，幫我清楚記著

我曾經有過在那遙遠的他鄉，

悠悠河畔，垂柳依依

有過流浪的記錄，

不尋常的往事，像它們現在一樣

一個個安安靜靜

默默在懷鄉，記著它們自己也離開了

自己的家鄉——

史特拉福的河畔；

每年端午時節，是否也像我一樣

它們也有著

在莎士比亞大文豪，潔白羽毛筆下

清楚思念著自己的家鄉；

史特拉福的河水，幽靜淨藍

悠悠靜靜流淌⋯⋯

美好時光，總是已經過去

思念是慣性的，不斷又會回到

我的腦海，海馬迴的漩渦中深深悠悠

來回，來來回回

靜靜流淌⋯⋯

（2022.06.05／09:29九份半半樓）

詩煮，蘭陽雨絲
——寄我故鄉在他鄉

夜裡，我已經睡足了

睡醒了

最深的時刻，寂靜直通夢裡的海底，悠悠的

心靈的故鄉；我的血點，

滴滴滴落那塊母土，長出的幼苗

本該屬於原生種的稻禾，為何會有

突變的基因，需要移植？

蘭陽，蘭陽平原的雨水啊

本是豐沛，我該可以長得好好，

也和所有在地純種的稻禾一樣，

結穗累累，粒粒飽滿

可是，命也，基因突變了嗎？

從小，我就必須流落他鄉

以淚洗臉，以灌溉借來的土地

以詩，滋養自己方寸心田

滴滴是，淚也；字字是，詩也

如此，這樣那樣

常年餵養自己

半飢半餓，暗自療傷

蘭陽的雨水啊，自古本是豐沛

獨獨我必須從小

遠走他鄉，落地漂浮……

（2022.06.08／04:16九份半半樓）

附註：我出生農家，卻終生無一寸土；小小就離鄉背井！走上寫作
之路，我偏愛寫詩，已六十餘年；早已認定，寫詩是我一輩
子的志趣和志業；也由於寫詩，我習慣把出生地──蘭陽礁
溪，以「血點」標示，它是我的故鄉，不得改變的；不論我
走到哪裡，永遠都清楚標誌著，因此這「血點」自然常在我
心中；所以，故鄉就是我朝思暮想、心靈的起點。
詩寫心境，抒發個人心聲；我以「煮詩」譬喻，象徵內在
深沉心思，感念、感嘆，也或許可稱之「以故鄉為重」；
從小離鄉，終生遺憾，無法彌補或忘的心聲……

（2022.07.13／17:46九份半半樓）

傾斜思考

是我思維不正

風吹過，樹倒向一邊

我來不及繞過

你看不到的，無形的思維

它在你的腦海中，是作怪嗎

興風作浪，來不及思考

不只是樹，倒向一邊

人生之路，該走要走

要走向哪邊

傾斜的道理，是左是右

左左右右，沒有扶正

我的，傾斜的思考……

（2022.06.14／09:34九份半半樓）

垂直聯想

雨正在下，我正在想
它們從天上下來都是直線的嗎
有風，它們就歪了
有風，它們就亂了

我正在想，第一個會想到妳
直線的想，很重要的想
認真的想；想好想壞
想，有用無用的
天底下
什麼是重要，什麼是不重要

能垂直的聯想，每一樣
都是重要的；你寫詩，
每一首都是垂直的，
那還會是重要的嗎？
我偏偏都是，想歪了想斜了
又想邪……

那些，這些都是
誰在作怪，詩要作怪……

（2022.06.15／12:54九份半半樓）

瓶之存在（一）

瓶之存在，是空的

不是有沒有的存在；不是

酒不酒的存在……

空的酒瓶，空的

是存在的空

空，才會有

它可以有空氣，

它，也會有我的存在；

空氣的存在，它是

宇宙的

我注視它，它的存在

是我在宇宙中，

我的存在，也在空瓶中

我是有心思的，我會想

想我在其中，我的存在即它的存在……

（2022.06.17／11:52九份半半樓）

瓶之存在（二）

喝酒的人，都走了

東倒西歪

是空了的酒瓶……

東倒西歪，在路上

他們都是喝醉酒的人

在路上，東倒西歪……

瓶之存在，喝與不喝

都沒什麼關係……

（2022.06.19／04:11九份半半樓）

岩石，他們的臉
——在金瓜石地質公園所見所想

他們的臉，是石頭的臉

原來跟我們，你我的一樣

有骨有肉

有血，是活的

有感覺有表情，有七情六慾

有喜怒哀樂，會哭會笑……

他們，是礦工嗎

是英雄，是好漢

是，什麼都是

都不是，時間為他們雕像

我在他們面前，我只能抬頭

仰望

我只能想想，誰能還他們

應有的臉，

誰能給他們，血肉

誰能讓他們說話

說出心中的話，

說出他們最想說的話……

請注意，請聆聽

風聲雨聲，

蟲聲鳥聲，

有小小的，喘喘吁吁的聲音

是天地，是大自然的心聲……

（2022.07.05／09:09車過七堵要回南港，

去醫院眼睛定期回診）

苦嗎，他們是

重重疊疊，擠擠壓壓
眼前那面山岩
崁著的，他們是誰呀
好在時間都已將他們
以岩石，雕塑成像偉人；

他們是誰呀！我曾見過
我堂哥，他也是其中之一員
他當過煤礦工；苦嗎？
都還會笑，全身烏黑
如銅像，但不是偉人

人人都要養家呀，
我堂哥，他要養一家八口
成天都在地底下，比海還深
海平面底下
暗無天日，只靠一盞頭燈
一點光，照亮一尺四方
眼前一遍漆黑！

他們，都不穿衣服嗎？

母親給的，就那一身

如金銀銅鐵打造，最為體面……

全裸嗎，苦嗎

苦，苦他們自己

苦，我們不知道

我只知道

礦工，未死先埋……

（2022.07.07／07:45晨走102道路16公里處，

邊走邊構思，晚上完成）

詩人，哲學家

您，睜一眼閉一眼
在瞑想，在沉思嗎？

很面善的，我年輕時
在書上見過您，我一直都
很景仰您
崇拜您

您是詩人，是哲學家
我知道，
從蘇格拉底到柏拉圖
從泰戈爾到甘地
從李白杜甫到王維
您們都是我，深深景仰的
偉大不朽的
詩人，哲學家
您們在我心中，是一座座
高大的山……

您是蘇格拉底
您是柏拉圖

您是泰戈爾

您是李白

您是杜甫

您是王維

我都知道了，我在書中

讀過您們的詩，

您們都是，永遠

活在我心上的

詩人，哲學家……

（2022.07.08／07:00九份半半樓）

我的新生活運動

一切都可以重來，想想而已

我在過我的新生活；運動，

談不上

走走而已；能走

走走就很好

我喜歡，走走……

我的新生活運動，

每天清晨

都要去走山路，三四小時

最重要的是，看看

山，看看

海，看看

天空，也看看

雲

其實，我最喜歡用讀的

讀自己的心，讀懂或不懂

我自己的一份心意……

常常，我常常走走停停

也停停，走走

140

和時間打招呼，

祂不一定會認識我，

我能認識祂就好，

最好是，攀一點兒關係

說我認識時間，

時間，是我的好朋友

我熱愛時間；我的新生活

就是要，珍惜

有限的時間……

（2022.07.25／20:11九份半半樓）

想，斜斜的想

——悲哀！為受騙落難在柬埔寨的台灣
年輕一代，深深感嘆……

想，斜斜的想
歪歪的思考；

不是我想做壞事，
是我，一直打不開
腦中的一扇正門；

我常常想，該怎樣才能盡到
做一個正常的人，應盡的本份
正常的盡到，為人類社會
做點兒有益的事；

以前，我能做的
都已盡力去做
現在，我還活著
不能依老賣老
該做的，還是要做

想，歪歪的想

想，斜斜的想

我，不是要做壞事

細細的想

歪歪的想，斜斜的想

想搞政治的，不知有沒有

好好的在想，為他們想⋯⋯

（2022.08.12／16:12九份半半樓）

沉默的沉默的沉默
——讀報，2022.08.19，心痛有感；可憐的 可悲的被騙的，回不來的台灣青年……

沉默的沉默的沉默的，
我心底裡的沉默，我不知道
它要我說些什麼

沉默的沉默的沉默的，
我內心裡的沉默
它還保有我的最後的什麼
我的真實的良知嗎

假訊息的假訊息的假訊息的，
太陽底下發生的事
不都是真實的嗎
那會是假的

我的沉默的沉默的沉默，
沒有自由，沒有勇氣
沒有真理
沒有正義

......

都是我的沉默！

（2022.08.19／23:28研究苑）

泉，愛的湧泉
——感恩，一群古老樟樹，通天無私的
　　見證……

樹泉，愛的經典

有多深

多深可直達地底與地心……

樹泉，我們共同挖掘

擁有的，至聖至誠

愛的經典

成就那頂天立地

億萬年，神聖的愛

樹泉，永愛不朽

愛的湧泉

再造我們，極機密的

聖地，日與月汩汩

真摯湧現……

（2022.09.24／13:12九份半半樓）

他，為什麼披頭散髮

你說，他是瘋了嗎
我不知道
我知道，他一直站在這裡

他是遊民嗎
他怎會披頭散髮
他有問題嗎
他的問題，可比你還多
也可能是，大家的問題
很多人的問題；

是嗎？疫苗要打一劑
又一劑，三劑不夠
還要再打滿四劑五劑
你身上的，所有
好好的細胞
為什麼要被它
——打死？

他瘋了嗎
他被嚇瘋了嗎

你說，他怎麼能不

披頭散髮？

這是什麼世代！

這是，哪來的政府呀

我們，代代都要聽牠的嗎

我為什麼，你為什麼

要聽他的？

他說了，他瘋了……

（2022.10.03／12:18九份半半樓）

你知道，我是誰嗎

——給疫世紀沉淪的世代，給每一個人，
　　請摸摸你的良心；假如你還有良知……

日常，無常

我常常這樣想，想想

我在這裡，已經多久了

多久夠久了才算日常，又日復一日的正常

常常，白天夜晚我都這樣

自己想想，想著自己的身世

自己想著自己的前生和來世……

想想，我就忘掉了我是誰

你知道，我是誰嗎

想想，再想想我只是一顆石頭

普普通通的石頭

我張開嘴巴，也不過就是

這樣，張著張開著

沒有發出聲音；發不出聲音

能為自己說出些什麼？

能為世界說出些什麼——世道人心？

我的眼睛，是張開的

張開的，也未必都能看見

看見了，也未必都是你的

你的，我的，他的

這世界，不是都是這樣

單純的，你的我的他的

那樣單純；

幾乎都是，無知的未知的

我要知道什麼？

你要知道什麼？

他要知道什麼？

你知道嗎，我是誰

我是誰，還是那樣的一句老話

說了，說穿了說白了

都是白說的

說了，都是等於沒說

聲聲，都是說了

都是白說

還是那句老話

世道良心，你有嗎……

你知道嗎，我是誰……

（2022.10.09／02:33研究苑）

書架，書要有家
—— 昨夜睡眠，是四段式的……

人人都有家
書也要有家，天經地義

這一生，書，我沒好好讀
只讀過幾本；可摸過的，確實不少

最近，我住了一甲子的老屋
面臨都更，迫遷在即
被我摸過的書，它們都被我強迫搬離；
它們，一本一本都很無奈
我把它們強制搬到山城，潮濕又擁擠的
半半樓；一本一本，又一本
被我堆疊如山，我應該說
它們，一本一本又一本
都壓在一起！
無法伸手踢腳，已經不能呼吸了
我睡覺時，半夜三更
常常聽到，它們呼叫的聲音
漫罵咆哮，吶喊抗議；
它們說：我們一本又一本

堆疊在一起，不能站也不能睡

為什麼沒有一個像樣的家？

一天兩天，它們已經在計劃

密謀，要怎樣才能順利逃脫

不要再受委屈，被迫丟在

小小的半半樓！

夜夜，我都清楚聽到

是這樣，我被它們有理無理的吵醒！

它們，唯一的希望

它們說：我們要有家，

書架，才是我們的家

我們，不能再一本一本壓一本

我們，要堂堂正正站起來

我們，要直直挺挺立起來

我們，要大聲說：我們要有家……

（2022.12.28／02:49研究苑）

太冷了，雨在窗外
——告別2022世界大疫情的大陰謀時代

雨，在窗外

足足哭了一整夜；

冷，實在太冷了

他們都沒有衣服穿嗎；是嗎？

他們，都算是街友嗎

我不知道；雨，

都該被推拒在屋外！

我在屋裡，還是冷呀

冷呀，奇冷

是心裡的冷；這是

冬天的常態，

你自己必須要

穿暖和一點，自己要對自己

好一點，

自己，要照顧好自己；

各種瘟神，都在等你……

（2022.12.31／07:25研究苑）

追思懷念

含笑，含笑花／人生在世，您選擇百歲／安祥回到天家

款詩，以清晨的霧
——懷念恩師詩人　紀弦

清晨，有霧

乃是必然，我以第一眼

讀她，瀰漫輕柔；

讀她，用心讀她

瀰漫冉冉，在山谷間

散開，又瀰漫

我也讀我自己

心裡詩樣的寧靜，散步飄浮

讀我恩師

紀弦〈狼之獨步〉，

在心之曠野，靜謐凝視

他，拄杖泰然咬著

他一生最鍾愛的菸斗，

寧謐遠行……

（2022.01.23／08:04九份半半樓）

我們都是林家的
——給詩人簡簡，小林仙龍；
　　請您慢慢走……

那些年，我們都年輕

您比我，更年輕

我習慣叫您

仙龍；我們都是林家的，

還有大林仙龍，我們都習慣

沒大沒小；我們都熱愛詩

大林仙龍也是，我們就時有機會

聚在一起……

是的，我們都是林家的

我們都熱愛詩，喜愛兒童

您還喜歡教小朋友寫詩，在校園裡

出版兒童詩刊；

您還大力支持我

推廣《布穀鳥》兒童詩學……

那些年，我們都經常

南北呼應，布穀一聲

咕咕，咕咕

我們不僅催耕，您還認真教學

發動《小詩人》熱烈響應，

咕咕咕咕，布穀布穀

每年春季，不只春天

整年都叫得特別響亮；

每期每季，都是豐收

好詩篇篇；朗朗上口

佳作創新，堆疊如山

都是您揮汗如雨的功勞；

布穀布穀，您不只催耕

還激勵小詩人，勤奮不已

勉力耕種，年年超收

為我們年輕的好時光，留下

最美好的詩篇……

　　　　　　（2022.04.02／15:23區間車將抵達瑞芳）

附註：中午在line《掌門詩刊》群組意外看到小林仙龍昨天中午病
　　　逝的通告，心情十分沉痛；近兩年偶有機會南下高雄，都
　　　很想看看他，結果都沒如願，一錯再錯了……

含笑，永恆的典範
——敬致敬愛的堂嫂

一百，人生滿分
您是含笑的含笑花，
含笑，清香甜美
含笑美，含笑香；
您是我們
晚輩所敬愛的
白蘭梅，慈愛的母親……

白蘭梅，您是我敬愛的堂嫂
您在我心目中，
是標準的慈母；時時都是微笑的
含笑梅，看到您微微的
笑瞇瞇的，清甜親切的笑容
我們就看到了
這世間，什麼都是美好的……

含笑，您的乳名
幼毛，我從來都不知道
我只知道，
您是我所敬愛的堂嫂

慈母般，時時都在呵護關照

我們林氏大家族中，

每一個晚輩，任何一房的小孩；

時時都是

和睦溫和，親切溫良

含笑，含笑花

您，永遠都是

悉心耐心關愛，誘導有加

您從不分親疏，您是我們

林氏大家族中

永恆的典範，我們理當應該知道

親切的呼喚

您，您是我們永遠的

模範母親……

含笑，含笑花

人生在世，您選擇百歲

安祥回到天家；

一百，就是滿分

人生，您得到了滿分

人人羨慕的典範，

我們會永遠永遠

以您為榜樣……

（2022.10.13／19:35九份半半樓）

附註：含笑，中文學名含笑花，別名：含笑梅、笑梅、白蘭梅
　　　等；拉丁學名：*Michelia figo*。

詩布穀，遲來的悼念
──敬致　詩人舒蘭兄

舒蘭兄，您去年秋天仙逝

從舊金山美麗的海灣，回到了

聖主的懷抱；

您沒有告訴我，只靜悄悄的

不搖晃任何一絲雲彩，

正如您一向低調，謙卑

深恐驚動台灣文壇，所有文友

也怕我遠在孤島，深深思念

如您二三十年前，遠渡

西太平洋，安靜定居

異國他鄉，只讓海水日夜湧動

可您依樣，不發出任何聲響……

舒蘭兄，您是我至敬至愛的

大貴人，永遠的貴人

我年輕時，您和前輩詩人

薛林先生，全力支持我完成

實踐推動兒童詩的理想，

在台灣，全面展開

擴及海內外華人，世界文壇
童詩創作、研究和教學……

我們，一起如願創辦了
《布穀鳥兒童詩學》季刊，
一起日夜催耕，用力吹響
布穀布穀的號角；
讓布穀鳥優雅振翅，
滿天飛翔；讓布穀布穀之聲，
在春天響徹雲霄……

我們心愛的布穀鳥，展翅之後
至今四五十年，依然是
台灣兒童文學的
吉祥鳥，我們共同寵愛的
童詩之鳥；想當然，
您也一定會，把牠帶在您身邊
恭敬佇立，在聖主殿堂
嘉惠我們一向心愛的
台灣兒童文學，日日夜夜
永續蓬勃發展……

　　（2022.11.18／11:31初稿於研究苑／11.21／22:37定稿於
　　　　　　　　　　　　　　　　　　　　九份半半樓）

附註：舒蘭，本名戴書訓，1931生，江蘇邳縣人；台北中國文化
　　　大學文學士、美國東北密西根大學藝術碩士；詩人、新詩
　　　史研究專家，曾任軍公教職及國家文藝基金會二處，獨
　　　立創辦布穀出版社；70年代與詩人薛林、林煥彰共同創辦
　　　《布穀鳥兒童詩學》季刊，著有詩集、詩話、詩史、詩論
　　　等十餘種及《中國新詩史話》精裝三巨冊及編著《中國地
　　　方歌謠集成》一套七十冊等；曾獲優秀青年詩人獎、詩教
　　　獎、詩運獎、金筆獎、文藝獎章及傑出服務獎等。2021年9
　　　月29日，逝世於客居美國舊金山灣區；我遲至2022年春季
　　　才獲悉⋯⋯

詩寫正向觀念和心境

林煥彰

《玉兔・金兔・銀兔》，這是我生肖詩畫集第九輯，是我2022年所寫488首詩作中整理出來的一部分，屬於可以和成人、大朋友分享的詩作；我寫詩，喜歡說分享，分享屬於我的，別人沒有的，應該說是沒有負面的，而且我又習慣使用口語化的語言文字，我自稱為活的語言，同時我又主張：我寫詩，我不為難讀者；我不用艱深枯澀的文字或古典優雅深奧的辭彙；我以明朗、真摯的手法，來詩寫我生活中對人生的體會和感悟……

一年，365天，我不僅是天天有詩，平均每天都在一首以上；我寫成人可以看的詩，也寫小朋友可以看的詩，稱為兒童詩，而且這一部分又相當於給成人看的詩，多達一倍以上；不是刻意的，好像就是自然的一種傾向，是我近些年來的心境影響；詩寫心境，年紀越大越出現童心，思維越單純化，越來越覺得適合為兒童寫詩，自然自己所想的，也都會與童年純真有關，自自然然的想到什麼就會把那種意念思緒和兒童連結在一起，而產生正向的轉化和聯想……

詩是一種發現，我個人的自我觀察和體會，我慎思想像和感悟，所發出的心聲和心象，都會成為我的詩……

這一輯，我整理選用的詩作，是2022年所寫的作品488首中的

一部分；一年365天，我這一年寫的，依編號來說，只是488首，如果再把一些三五行的組詩，加上編號分開算，是足足超過五百首以上，平均一天就不只是一點五首；多，當然不是什麼值得自己高興的，只是自認為我是認真的活在自己的天地裡，至於詩的好壞，又是另一回事，我個人自覺是很認真的在詩寫，至少可以問心無愧，所寫的都和自己的心境與個人的人生有關；自然，我是渺小的，我只在完成我自己個人的人生、活著的意義……

今年我這一本《玉兔・金兔・銀兔》的出版，是我2015年羊年自己許下的心願，要把十二生肖詩畫集這個系列的十二本出齊；因此再三年我就可以如願順利完成；至於這十二年中我所寫未編入這生肖系列的詩作，包括成人詩和兒童詩，還多達已編入出版的兩倍以上的數量，都值得自己再用心逐一整理，如今年其中的一個〈貓的研究〉系列詩作，就多達六十餘首，也足足可以單獨出版一輯，其他如關於〈觀雲系列〉、〈我的新生活運動〉等等詩作，都是值得自我安慰；此外，還有六行小詩，二、三十首，我每年都會提交給我和泰華詩友合作成立的泰國「小詩磨坊」同仁合集出版專輯，今年將推出第十七輯；有機會我都會讓喜歡詩的讀者分享，也讓自己借機會回頭看看自己走過的一些足跡……

詩寫人生，這是我的人生，是我呼吸活著的意義……

（2023.02.19／07:46九份半半樓）

林煥彰詩畫集系列

虎虎‧虎年‧有福——林煥彰詩畫集

定價400元

生肖詩畫集，是我畫生肖的一個系列；畫，是對
著當年的生肖所做，詩就沒有要與畫對應，還是
隨我的心境而寫的。今年歲次壬寅為虎年，照這
計劃和心願，畫了近百張虎畫，但筆下的虎，總
像我平時愛畫的貓。我不會寫實，不愛寫實，但
總要給自己臺階下——我主要希望我畫的老虎，
不是兇猛恐怖的動物，喜歡牠和貓一樣溫和！

好牛‧好年‧好運——林煥彰詩畫集

定價360元

今年生肖屬牛；我從二十歲算起正式寫詩，到今
年我寫詩已超過六十年，自認為詩已是我活著的
重要記錄；也或許可算是我的另類的一種日記，
一種自言自語的記錄，也或許是一種自己看得見
的心聲……所以，關於寫詩這回事，我是從未想
過要停下來，也自認為在自己有生之年，無論如
何，一定要求自己一直寫下去……

鼠鼠・數數・看看——林煥彰詩畫集

定價320元

這本鼠年生肖詩畫集的詩，是我2019年寫的部分作品；依編號標示，這一年我寫了358首，其中一些小組詩，如分開加在一起計算，長短詩作總數可達每天一首以上；詩，我知道，不是寫多就好，但我算是每天都在認真過自己有感覺的日子，儘管只是個人平淡的生活，卻總有心思索人生的意義；這算是我為自己活著、做了件有意義的心情紀錄；我認為這樣做，我這一年就不算白活了！

圓圓・諸事・如意——林煥彰詩畫集

定價350元

今年歲次「己亥」生肖「豬」，我就畫了很多豬畫，這本詩畫集就靠牠來美化版面；至於書名，乃延續前四本生肖詩畫集形式，成為系列，題為《圓圓・諸事・如意》；又因為現實人生活得已夠艱苦，我希望能讓讀者看得舒服，也向讀者祝福。

這本詩畫集，計分四卷：〈卷一：一想就到〉、〈卷二：杏花　三四月〉、〈卷三：百葉　心思〉、〈卷四：一首詩，要怎麼寫〉；每一卷的卷名，都以該卷的第一首題目為主，是為了方便的一致性，沒什麼用心；這是我的隨興。

犬犬・謙謙・有禮──林煥彰詩畫集

定價300元

林煥彰生肖詩畫集系列─狗年專輯。

以赤子童心，收藏「行走中」的人生點滴。

《犬犬・謙謙・有禮》，是我的第四本詩畫集，與生肖狗年有關，是接2017年1月出版《先雞・漫啼・大吉》詩畫集之後的作品，也是我2015年起，計畫每年出版插畫與生肖有關的書，因此書名就延續近三年來出版的三本詩畫集六個字的形式，取名為《犬犬・謙謙・有禮》，表明我作為一個愛詩愛畫，玩詩玩畫的一點心意。──林煥彰

先雞・漫啼・大吉──林煥彰詩畫集

定價300元

「寫詩已超過半個世紀，從成人詩寫到兒童詩，題材早已無所不包，卻又能在一園錦花中創寫出一屋子的貓詩，享有「貓詩人」的雅號；從詩人跨界到畫家，提倡玩詩，也撕貼拼繪出畫展來；擅作短詩，近十年來也在華人圈中力推小詩，前些時卻又以散文詩的形式記寫了妻子的離世之情；詩與畫的結合也沒休止在八年前的《貓畫・話貓》詩畫展，繼前年開始將生肖畫與詩作結合的詩畫集《羊年・吉祥・祝福》、《千猴・沒大・沒小》之後，今年的《先雞・漫啼・大吉》也如期出版了……

這就是林煥彰，一個不曾停下手上的筆、不願被歲月扯住步伐的詩人。」──陳燕玲

千猴・沒大・沒小——林煥彰詩畫集

定價550元

「詩是生活」，不唱高調，不談理論，隨興裎露，隨意揮灑，我們活著是為了讓詩活著。——蕭蕭

畫裡玩詩，詩裡玩畫，說遊戲，卻是玩得率真，想得天真，做得認真。——葉樹奎

詩人提倡遊戲概念，寫詩畫畫，都可以玩；寫詩，玩文字，玩心情，玩創意；畫畫，玩線條，玩色彩，也玩創意。本書繼《吉羊・真心・祝福》後的第二本詩畫集，收錄近百首小詩，為六行小詩（含以內）的一部分並搭配與猴年生肖有關《千猴圖》的一小部分作品。

吉羊・真心・祝福——林煥彰詩畫集

定價550元

今年歲次乙未，由羊值年，我想應該屬於吉祥的一年；於是我畫了很多羊，自己覺得很高興，可以拿來和大家分享，同時認為也可以為別人祈福，祝所有的人都能過得平平安安。因此，決定為自己出版這本有詩有畫的書。所以，收錄的畫全部是羊，希望大家都能感受到喜氣洋洋。

這系列獨特形式的詩，每一首題目都明確標示主題，並以相同的祝賀語「祝福」結束，我長久以來就有一種想法；總希望大家都能和我一樣，無論是否處於順境，都得設法自我調適，讓自己過得心安理得，給自己更多的祝福。感恩。

閱讀大詩50　PG2952

 玉兔・金兔・銀兔
　　——林煥彰詩畫集

作　　者	林煥彰
責任編輯	劉芮瑜
圖文排版	陳彥妏
封面設計	王嵩賀

出版策劃	釀出版
製作發行	秀威資訊科技股份有限公司
	114 台北市內湖區瑞光路76巷65號1樓
	電話：+886-2-2796-3638　傳真：+886-2-2796-1377
	服務信箱：service@showwe.com.tw
	http://www.showwe.com.tw
郵政劃撥	19563868　戶名：秀威資訊科技股份有限公司
展售門市	國家書店【松江門市】
	104 台北市中山區松江路209號1樓
	電話：+886-2-2518-0207　傳真：+886-2-2518-0778
網路訂購	秀威網路書店：https://store.showwe.tw
	國家網路書店：https://www.govbooks.com.tw
法律顧問	毛國樑　律師
總 經 銷	聯合發行股份有限公司
	231新北市新店區寶橋路235巷6弄6號4F
	電話：+886-2-2917-8022　傳真：+886-2-2915-6275

出版日期	2023年8月　BOD一版
定　　價	450元

國家圖書館出版品預行編目

玉兔.金兔.銀兔：林煥彰詩畫集 / 林煥彰作. --
一版. -- 臺北市：釀出版, 2023.08
面；　公分. -- (閱讀大詩；50)
BOD版
ISBN 978-986-445-830-1(平裝)

863.51　　　　　　　　　　　　112009784